Explorar el civismo

Honestidad

Sue Barraclough

Heinemann Library,
Chicago, IL

www.heinemannraintree.com
Visit our website to find out
more information about
Heinemann-Raintree books.

To order:
☎ Phone 888-454-2279
💻 Visit www.heinemannraintree.com
to browse our catalog and order online.

©2011 Heinemann Library
an imprint of Capstone Global Library, LLC
Chicago, Illinois

Edited by Rebecca Rissman and Catherine Veitch
Designed by Ryan Frieson and Betsy Wernert
Picture research by Elizabeth Alexander and
Rebecca Sodergren
Production by Duncan Gilbert
Originated by Heinemann Library
Printed in China
Translation into Spanish by DoubleOPublishing Services

Library of Congress Cataloging-in-Publication Data

Barraclough, Sue.
 [Honesty. Spanish]
 Honestidad / Sue Barraclough.
   p. cm.—(Explorar el civismo)
 Includes bibliographical references and index.
 ISBN 978-1-4329-4458-2 (hc)—ISBN 978-1-4329-4466-7 (pb)
1. Honesty—Juvenile literature. 2. Citizenship—Juvenile literature.
I. Title.
 BJ1533.H7B3718 2011
 179'.9—dc22   2010004617

Acknowledgments

We would like to thank the following for permission to reproduce
photographs: Alamy **pp. 5** (© David R. Frazier Photolibrary, Inc.),
7 (© Feel Images), 8 (© Ian Shaw), 11 (© SELF) 17 (© Angela
Hampton Picture Library), 19 (© UpperCut Images/Rachel Weill),
23 (© Big Cheese Photo LLC); Corbis **pp. 6** (© John Madere),
13 (© Randy Faris), 12 (© Jose Luis Pelaez, Inc.), 22 (© H&S
Produktion), 24 (© Steve Cole/Anyone/amanaimages), 25
(© Heide Benser), 27 (© Roy McMahon); Getty Images **pp. 4**
(Lena Granefelt/Johner Images), 9 (Louis Fox/Stone), 15 (John
Howard/Stone), 16 (Eg Project/Photonica), 18 (Seiya Kawamoto/
Taxi), 20 (Tara Moore/Taxi), 26 (Simone Mueller/Taxi), 29 (Simon
Watson/Stone); Photolibrary **p. 10** (Heidi Vetten/Mauritius).

Cover photograph of a girl cheating reproduced with permission of
Getty Images (Nicole Hill/Rubberball Productions).

The publishers would like to thank Yael Biederman for her help in
the preparation of this book.

Every effort has been made to contact copyright holders of any
material reproduced in this book. Any omissions will be rectified
in subsequent printings if notice is given to the publisher.

Contenido

Algunas palabras aparecen en negrita, **como éstas**.
Puedes averiguar sus significados en el glosario.

¿Qué es el civismo?

El civismo tiene que ver con formar parte de un grupo. Un grupo es una familia, una escuela, un equipo o un país. El civismo también viene con ciertos **derechos** y **responsabilidades**.

Tu familia es un grupo con el que probablemente pasas mucho tiempo.

Todos se tienen que comportar de cierta forma en la escuela para que todos se sientan seguros y contentos.

Tener derechos significa que los demás te deben tratar de cierta forma. Tener responsabilidades significa que tú deberías actuar o comportarte de cierta forma. Como miembro de una familia o una escuela, hay comportamientos correctos y otros que no lo son.

¿Qué es la honestidad?

La honestidad es decir la verdad. La verdad son los **hechos** sobre una persona o algo que ha sucedido.

Siempre te sientes mejor cuando dices la verdad.

La honestidad es decir lo que crees que sucedió lo más claramente posible. Si no sabes bien qué sucedió, entonces es honesto decir que no estás seguro.

La honestidad también es hablar francamente de lo que sientes.

Comportamiento honesto

Los buenos amigos son honestos uno con el otro.

El comportamiento honesto tiene que ver con ser **confiable** y hacer lo que dices que harás. Eres honesto cuando cumples con tus promesas.

Una promesa es decir que definitivamente harás algo. Cumplir con una promesa es hacer lo que dices que harás. Por ejemplo, podrías prometer prestarle un juguete a un amigo o sentarte en clase junto a un amigo.

Si un amigo no cumpliera con una promesa que te hizo o te dijera una mentira, ¿cómo te sentirías?

Honestidad y verdad

Es importante ser honesto, aunque sea difícil decir la verdad. A veces, decir la verdad puede herir los sentimientos de un amigo, pero es importante intentar siempre decir la verdad.

Los buenos amigos saben que pueden decirse la verdad sin intención de lastimarse.

¿Cómo te sientes cuando alguien no es honesto contigo?

Es más fácil ser amigo de alguien si sabes que es honesto. Cuando no estás seguro de que un amigo sea honesto, podrías sentirte triste y preocupado. No podrás **confiar** en ese amigo.

¡Yo no fui!

Una mentira es cuando decides decir algo que no es verdad. Decir mentiras no es bueno, incluso cuando es difícil decir la verdad.

Cuando mientes, la gente suele averiguar que no dijiste la verdad.

Imagina que rompiste o arruinaste algo. Quizás quieras decir una mentira para que tú o un amigo no sean castigados. Aunque quizás te castiguen, es importante que no mientas.

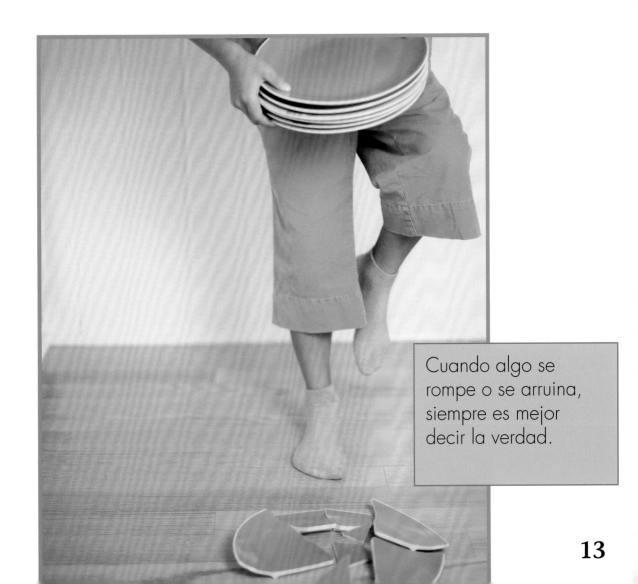

Cuando algo se rompe o se arruina, siempre es mejor decir la verdad.

Verdad y confianza

A veces, decir una mentira puede parecer una buena idea. Pero es importante que pienses en lo que podría suceder si dices una mentira. Piensa en cómo se sentirán tú y los demás.

Si dices una mentira:

☑ Estarás preocupado pensando que alguien se dará cuenta de que mentiste.

☑ Los demás no confiarán en ti si averiguan que dijiste una mentira.

☑ Aunque nadie lo averigüe, tú sabes que mentiste y te sentirás mal.

☑ Si le echan la culpa a otra persona, te sentirás mal.

Es reconfortante que te respeten y confíen en ti.

Si dices una mentira y te descubren, perderás la **confianza** de los demás. Si dices la verdad, quizás te encuentres en problemas, pero ganarás **respeto** y confianza por ser honesto. Cuando confías en alguien, estás seguro de que será honesto y escogerá hacer lo correcto.

Objetos perdidos

A veces, las personas olvidan sus cosas o las pierden. Si encuentras algo, ¿qué crees que debes hacer? ¿Crees que tienes el **derecho** de quedarte con algo que encontraste?

La gente lleva las cosas que encuentra a un área de objetos perdidos, así el dueño puede hallarlas.

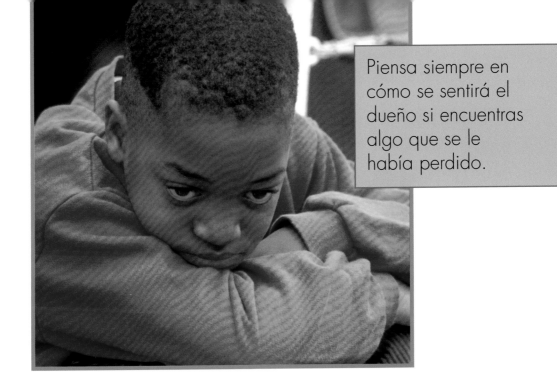

Piensa siempre en cómo se sentirá el dueño si encuentras algo que se le había perdido.

Piénsalo:

¿Cómo te sientes cuando pierdes algo? ¿No te importa haberlo perdido o quieres recuperarlo?

Si encuentras algo que perdió otra persona, llévalo a un lugar apropiado donde su dueño pueda hallarlo o dáselo a un adulto para que se encargue de hacerlo.

Respeto por la propiedad

Es importante **respetar** la **propiedad** de los demás. Para mostrar respeto, puedes hacer las siguientes cosas:

- Pide permiso para usar o pedir prestadas las cosas.
- No tomes las cosas sin pedirlas.
- Cuida las cosas que tomaste prestadas.
- Pregúntale a un adulto qué hacer si hallas un objeto perdido.

Trata siempre las cosas de los demás como si fueran tuyas.

No toques las billeteras de los adultos, salvo que te hayan dado permiso.

A veces es **tentador** tomar dinero. Si hallas dinero que parece no pertenecerle a nadie, aun así no es correcto tomarlo. La mejor **regla** es que si no es tuyo debes dejarlo donde está.

¿Qué es hacer trampa?

Las personas pueden hacer trampa o no seguir las reglas porque quieren salir bien o desean ganar.

Cuando estás aprendiendo a jugar un juego o un deporte, aprendes las **reglas**. Las reglas hacen que los juegos y los deportes sean **justos** para todos. Cuando las personas hacen trampa, deciden jugar sin seguir las reglas.

A veces puedes desear tanto ganar que crees que ganar es lo único que importa. Es importante que pienses en lo que podría suceder si haces trampa.

Si haces trampa para ganar:

- ☑ ¿Sentirás que te fue bien?
- ☑ ¿Crees que te sentirás orgulloso de ti mismo?
- ☑ ¿Te hará sentir mal saber que no ganaste justamente?
- ☑ ¿Te sentirás triste por haber hecho trampa?

Copiar

Copiar es una manera de hacer trampa que a veces sucede en la escuela. Por ejemplo, un amigo puede intentar mirar tus respuestas cuando la maestra ha ordenado que trabajen solos.

Puede ser una situación difícil si un amigo intenta copiar tu trabajo.

Cuando tus amigos hacen trampa, puede que te sientas raro. Quizás quieras ayudarlos o quizás te enoje que copien tu trabajo. Es mejor que cubras tus respuestas, así tus amigos no podrán copiarlas.

Si copias el trabajo de otra persona, no aprendes por ti mismo.

Chismorrear

Hablar con tus amigos sobre los problemas te ayudará a ser honesto.

A veces puedes sentir que estás chismorreando al ser honesto. Pero es importante ser honesto contigo mismo y con los demás sobre las cosas que crees que son incorrectas.

Cuando le cuentas a un adulto algo malo que ha sucedido, puedes estar ayudando a otras personas a mantenerse fuera de peligro.

Si ves que algo malo está sucediendo, como un comportamiento amenazador o cruel, es importante que le cuentes a un adulto o a un maestro. Esto no es chismorrear: es hacer lo correcto.

¿Es importante la honestidad?

Necesitas ser capaz de **confiar** en la honestidad de tus amigos y familiares para que todos puedan vivir felizmente.

Imagina cómo sería si no pudieras confiar en que tus padres, tus maestros o tus amigos son honestos.

¿Estarías contento si supieras que tus amigos no pueden confiar en ti?

Si dices una mentira o haces algo **deshonesto**, quizás los demás no lo descubran. Pero incluso si ellos no lo averiguan, tú sí lo sabrás.

27

Honestidad y felicidad

Es importante ser honesto, así las personas **confiarán** en ti y te sentirás bien contigo mismo.

La honestidad es:

- ☑ decir la verdad
- ☑ cumplir con las promesas
- ☑ hacer lo que dices que harás
- ☑ **respetar** la **propiedad** de los demás
- ☑ pedir permiso cuando quieres usar o pedir prestadas las cosas
- ☑ seguir las **reglas**
- ☑ admitir los errores y disculparse
- ☑ asumir la **responsabilidad** y no culpar a los demás

Ser honesto en cómo piensas, hablas y te comportas es bueno para la amistad. La honestidad hace que el mundo sea un lugar más feliz y más seguro.

Todos se sienten más felices con buenos amigos.

Glosario

confiable alguien en quien se puede confiar porque se comporta bien

confiar saber que alguien es bueno y honesto

derecho cómo deben tratarte los demás, de una forma que la mayoría de las personas considera correcta o justa

deshonesto ser falso. Mentirle a alguien es ser deshonesto.

hecho algo que es verdad o que ha sucedido

justo forma de comportarse en la que se trata igual a todos y que todos aceptan

propiedad algo que te pertenece

regla algo que indica cómo deben hacerse las cosas y qué está o no está permitdo

respeto forma de tratar a alguien o algo con amabilidad y gentileza

responsabilidad algo que debes hacer como miembro útil y bueno de un grupo

tentar hacer que alguien desee algo, con frecuencia algo que es incorrecto o deshonesto

Aprende más

Libros

Mayer, Cassie. *Ser honesto.* Chicago: Heinemann Library, 2008.

Mayer, Cassie. *Ser responsable.* Chicago: Heinemann Library, 2008.

Nettleton, Pamela Hill. *Is That True?: Kids Talk About Honesty.* Mankato, Minn.: Picture Window, 2005.

Small, Mary. *Ser buenos ciudadanos: Un libro sobre el civismo.* Mankato, Minn.: Picture Window, 2007.

Small, Mary. *Ser confiables: Un libro sobre la confianza.* Mankato, Minn.: Picture Window, 2007.

Sitio web

www.hud.gov/kids

Este sitio web del gobierno enseña a los niños el significado de ser buenos ciudadanos.

Índice